BDSM Vriende

Volledige Reeks

Erika Sanders

BDSM Vriende
Volledige Reeks
Erika Sanders
Reeks
Oorheersing en Erotiese Onderwerping

Opsomming

Erika stel voor om 'n stap verder te gaan in haar verhouding met haar beste sexy dominante mansvriend ...

BDSM Vriende is 'n verhaal met sterk erotiese BDSM-inhoud en behoort op sy beurt ook tot die **Oorheersing en Erotiese Onderwerping**, 'n reeks romans met hoë romantiese en erotiese BDSM-inhoud.

(Alle karakters is 18 jaar of ouer)

Nota oor die skrywer:

Erika Sanders is 'n internasionaal bekende skrywer, vertaal in meer as twintig tale, wat haar mees erotiese geskrifte, weg van haar gewone prosa, met haar nooiensvan onderteken.

Indeks:

BDSM VRIENDE
VOLLEDIGE REEKS
ERIKA SANDERS

DEEL 1

Dit was 'n dag net soos enige ander dag.

Behalwe dat dit nie was nie. Vandag was spesiaal. Vandag was die dag dat my beste vriend Richard op die New York City-kampus sou wees om een van sy regskool-finaal te neem. Net soos elke ander keer wat hy na my kant van die Hudsonrivier gekom het, het hy uiteindelik vir my 'n SMS gestuur om saam met hom te eet. Gee dit 'n halfuur of wat om die toets te voltooi en sy uitnodiging sal op my foon verskyn.

Ek het my vingers oor my bobene getrek en hulle so hoog soos die rand van my gesnoeide bos laat kom voordat ek teruggaan. Net 'n bietjie terg om myself op te warm. Ek het dit nie nodig gehad nie, nie ná al die rande en terg wat ek die afgelope week aan myself gedoen het nie. My poesie het byna konstant gelek en my tepels was in eeue nie sag nie. Tog moes ek myself so warm as moontlik maak voordat ek vanaand vertrek. My plan was om so geil te wees dat wellus my vrees vir verwerping verdrink toe ek uiteindelik probeer het om uit die vriendesone te breek.

Ek is gewoonlik nie so 'n wuss nie. Ek is eintlik baie selfversekerd en flirterig met almal anders in die wêreld. Maar miskien is dit net die vryheid van onverskilligheid. Ek gee nie veel om wat enige vinnige gooi van my dink solank hulle my afkry nie. Richard... wel, hy is anders. Ek wou baie meer hê as net 'n vinnige fok uit hom. Ek wou hê hy moet vir my voel wat ek vir hom voel. En hoewel hy my nog nooit iets behalwe positiwiteit en respek getoon het nie, het hy ook nooit probeer om verby net vriende te wees nie. En hy is die soort man om op te tree volgens wat hy wil.

"Miskien is dit hoekom hy nog nooit 'n skuif op my gemaak het nie," dink ek by myself en kyk oor my onsedelike uitgespreide lyf. 'Ek is meer 'n ou as 'n meisie. Ek is deurmekaar en krap myself in die openbaar. Ek trek troos aan en haat dit om grimering te dra. Ek spandeer al my vrye tyd by die gimnasium, speel videospeletjies of speel pornografie. Dit is die kenmerkende kenmerke van manlikheid, reg? O ja, en ek is bevriend deur my beste vriend. Meisies is nie veronderstel om deur hul mansvriende na die vriendesone gestuur te word nie, reg? Ek is redelik seker dit is veronderstel om andersom te wees.'

Ek het nie die mees kenmerkende vroulike uurglaslyf nie. Op 5'11", was ek 'n bietjie langer as die meeste ouens met wie ek onsuksesvol uitgegaan het. 'n Lewenslange liefde vir basketbal en fiks voel het my spiere effens beter gedefinieer gemaak as wat die meeste vroue hulself toelaat om te kry. Perfekte vorm vir om 'n mens se spanmaats te verlei ... maar 'n ver gesig van die delikate skoonhede wat Richard oor die jare uitgegaan het.

As dinge sleg gegaan het, was dit nie juis asof ek 'n vloeiende sosiale kring gehad het om op terug te val nie...

'Stop dit! Hou op om so 'n downer te wees.' Dit was hoekom ek uiteindelik met hierdie plan vorendag gekom het, om daardie negatiewe deel van myself af te skakel. Ek het my hande tot by my borste gebring. Fok voel onvroulik, my tiete is fokken awesome. Hul C-koppie grootmaat het my hande heeltemal gevul met aangename vroulike gewig. Sekerlik, hul grootte het soms in die pad van my aktiewe leefstyl gestaan, maar die plesier wat hulle my gegee het, het meer as vergoed daarvoor. Om my handpalms liggies oor my tepels te laat loop, het my bewe en swaarder asem gemaak. Ek het probeer om my liefkosings sag en tergend te hou, maar kort voor lank het ek gevind dat ek my bors vorentoe stoot en my tepels so hard as wat ek kon staan gedruk het. Amper tyd vir die hoofgeleentheid.

My eksterne hardeskyf moes dit waarskynlik op die lys van redes gemaak het hoekom ek basies 'n ou is. Nie baie vroue wat ek ontmoet het, het 226 optredes se pornografie afgelaai nie. Dan weer, dit was nie my skuld nie. Daardie een was al wat Richard gedoen het, en dit het presies gewys hoekom ons vriendskap nooit was wat 'n mens tipies platonies kan noem nie. Selfs sewe jaar later het die herinnering aan die ontmoeting met hom en ons vroeë band my steeds laat glimlag. Dit was so tipies Richard ... selfversekerd sonder om vol van homself te wees, ferm sonder om skuur te wees, sy magnetisme het my so maklik aangetrek.

Ek was nie baie goed daarmee om vriende op hoërskool te maak nie. Dit was moeilik om 'n groep te vind om my te aanvaar. Die speler se kliek het blykbaar nie geweet hoe om iemand met borste te hanteer wat League of Legends saam met hulle wou speel nie. Die manlike jocks sou nooit volspoed met of teen my speel nie, al was ek ewe groot of groter as die meeste van hulle. En natuurlik het ek eerder 'n aar oopgemaak as om te doen wat nodig is om by die basiese tewe van hoofstroom hoërskool vroulike kultuur in te pas.

Nie dat ek 'n vroulike alleenloper was nie. Ek het vriende gehad, maar hulle het meer soos nisrolspelers as persoonlike konneksies gevoel. Ek en Heather het byvoorbeeld mekaar se videospeletjie-jeuk gekrap, maar ons was albei te introvert en ongemaklik om baie naby te kom. Ek was op die meisies se basketbalspan , maar het probleme ondervind om met enige van my vroulike spanmaats 1-op-1 te bind sonder die voorgee van oefening. Lang storie kort, ek het nooit regtig aanvaar dat ek meer as net een deel van my was nie. Ek het baie gewoond geraak aan my eie maatskappy en ek het 'n stekelrige siniese persoonlikheid ontwikkel wat baie mense weggestoot het.

Tot op 'n dag in die senior jaar toe ek lukraak toegewys is aan Richard as 'n vennoot vir 'n sosiale studies-projek oor hoe onlangse tegnologieveranderinge jarelange tradisies, organisasies of industrieë beïnvloed het.

Ek het groepprojekte gehaat. Almal haat groepprojekte. Die enigste mense wat van hulle hou, is siellose ekstroverte wat bestem is om iewers in 'n HR-afdeling te gaan werk. Natuurlik is die enigste ding erger as 'n groepprojek een met iemand wat gewild is. Veral as dit 'n gewilde en warm seun is. Al die gewilde mense by wie ek nog ooit was, was woedend selfvoldaan en neerbuigend. Voeg daarby die jaloerse blikke van al die ander meisies en ek was ernstig vererg.

Ons is die laaste paar minute van die klas gegee om met ons vennote te praat.

Richard was baie gewild. Hy het 'n reputasie gehad dat hy tuis was in byna enige groep. En hy was ook ernstig warm. Hy het net effens beter aangetrek as wat hoërskool vereis het en het 'n duim of twee langer as ek gestaan. Ek het gekyk hoe hy deur die kamer na my lessenaar gaan, getref deur hoe sy kort donker hare skynbaar sy gesig omtrek net om sy kakebeenlyn kenmerkend te beklemtoon. Dit het sy glimlag baie eg en warm laat lyk, asof hy jou nooi om deel te neem aan 'n grap wat net jy en hy geken het.

"Waaroor lyk jy so gelukkig?" Ek het gevra toe hy by my sitplek aankom. Soos ek gesê het, stekelrige persoonlikheid.

"Ek het gewag vir 'n geleentheid soos hierdie! Hierdie projek is perfek." Ek het ineengekrimp en gedink dit was 'n baie vreemde bakkielyn. Net nog 'n ou wat in my broek probeer kom.

"Jammer, maar jy sal beter as dit moet doen."

" Ag kom, moenie vir my sê jy het nie die perfekte verskoning gesoek om 'n skoolprojek oor pornografie te doen nie." Ek het 'n dubbele opname gedoen. "... Goed, dis 'n nuwe een."

"Em... wat?" Sy glimlag het effens ondeund geword, maar hy het op 'n heeltemal ernstige toon voortgegaan.

"Vir dekades was pornografie formuleerig. Dit het 'n gevestigde draaiboek gevolg van min tot geen voorspel, blowjob, en hardcore penetrasie in talle onwaarskynlike en ongemaklike posisies in 'n finale geldskoot. Deesdae kry daardie soort ding baie min kyke. Die vraag is baie nou hoër vir meer realistiese uitbeeldings van seks, veral vir amateurs wat op vroulike plesier fokus. Voorheen het mense DVD's met generiese tonele op elkeen gekoop. Nou is daar honderde subreddits wat aan spesifieke kinks toegewy is. Wat het verander? Is dit bloot die aanpassing na die internet? Is dit gekoppel aan die uitbreiding van kykers en 'n meer diverse gehoor? Is dit omdat daar meer verskaffers is wat 'n mededingende nis probeer vind? Daar moet genoeg materiaal vir 'n referaat daarin wees. Wat dink jy?"

My kakebeen was omtrent op die vloer. Hy was heeltemal ernstig. Hy het pas na my toe gestap, nie geknip oor my onbeskofheid nie, intellektueel oor pornografie begin praat en gelyk of hy reg geïnteresseerd was in wat ek te sê het. 'Dude het balle. Ek moet dit respekteer.'

"Dit klink of jy baie hieroor nagedink het," stamel ek.

"Ek het," het hy bevestig. "Ek stel belang in wat mense beweeg. En, puberteit wat ek is, dit blyk dat min mense so diep beweeg soos seks."

"Hy is 'n woordryke een." Die klaskamer het skoongemaak en die volgende klas het ingekom. Ek het haastig my boeke in my tas bymekaargemaak. "Wel, miskien is dit nie dieselfde ding nie, maar ek wed dat daar meer tweeslagtige mense sal wees as gevolg van porn."

"Regtig? Hoekom is dit?"

"Wel, jy het een hand nodig om die muis te werk en een om mee af te ruk." Ek het probeer om sy intellektuele toon te pas, maar kon dit nie heeltemal regkry nie en het aan die einde gelag. Dit het my verbaas, ek was nie van plan om dit te sê nie. Ek was van plan om iets te prewel oor ek moes by die klas kom en wegjaag. En nog 'n verrassing, hy was nie vreemd nie en het saam met my gelag.

"Miskien is jy reg! Miskien kan ons dit in die slot 'sien vorentoe'-afdeling inpas. Luister, ek moet begin trig, maar ek sal jou vanaand 'n boodskap stuur." En net so skielik as wat hy aangekom het, was hy weg.

Dis hoe ek en Richard begin bind het—oor pornografie. Soos ek gesê het, nie 'n normale platoniese vriendskap nie. Alles in die naam van opvoedkundige navorsing vir ons projek, natuurlik.

Goed, miskien het ons aangehou daarmee na die einde van daardie projek, wat ons terloops 100 gekry het. Hy het vir my 'n skakel na iets warms gestuur en ek sou iets warmer probeer vind, heen en weer probeer om die ander ure aaneen te oortref. Dit het nie lank geneem vir ons om regtig te verstaan wat mekaar laat tik nie.

Richard was 'n dominant. Hy het weggekom daarvan om 'sy' vroue te beheer en te laat gehoorsaam. Ek weet dit, want hy het my reg aan die begin gesê. Ek het gevra waaroor hy besig was en hy het letterlik vir my gesê: "Ek is 'n dominant. Ek word opgewonde om in beheer te voel en saam met iemand te wees wat my beheer aanvaar." Goed, miskien het hy dit 'n bietjie anders verwoord ... maar tog. Hy het dit so saaklik gesê, asof dit die natuurlikste ding in die wêreld was.

Destyds was ek nie die minste vroulik kinky nie. Tog het Richard se smaak nie vir my vreemd gelyk nie. Ek het gevoel soos dit moet, hy het my tog 'n bietjie sadistiese kak gewys, maar dit het regtig nie. Ek kon hom nie veroordelend voel nie, want vir die eerste keer in my lewe het ek gevoel dat iemand regtig my almal aanvaar. Richard het die deel van my omhels wat 'n nerd wou wees en oor Mistborn wou droom . Hy het die deel van my aangemoedig wat hipermededingend wou wees en vyande op die basketbalbaan en Summoner's Rift wou vernietig. Hy het die deel van my verstaan wat soms alleen gelaat wou word. Hy het my vrae gevra en my laat voel dat ek eerlik kon antwoord—dat hy werklik my volle eerlikheid wou hê. Hy het my innerlike slet ' n veilige hawe gegee om uit te kom en nie geoordeel te word of bedreig te voel nie. En, miskien die belangrikste, hy het verstaan dat net omdat ek soms 'n totale teef is, nie beteken dat ek hom eintlik haat nie.

Stadig, amper onmerkbaar vir my, het ek deur BDSM begin aangeskakel. Ek het gevind dat ek meer daarin delf, probeer om nuwe materiaal te vind wat hom sou aanskakel. Hy het my op sy beurt 'n bestendige dieet van kink gevoer. 'n Dieet wat op maat gemaak is om by my aan te trek. Ek identifiseer byvoorbeeld as biseksueel, maar ek word eintlik net nat vir 'n spesifieke soort vrou. Iemand wat baie sterk is en my wow. Dit is nogal moeilik om te beskryf, maar ek weet dit as ek dit sien, en hy ook. Ek het verlief geraak toe hy vir my Queensnake gewys het . Sy en al haar modelle is fokken godinne van fisiese uithouvermoë, geestelike dissipline en emosionele krag. My oë was sentimeters van die skerm af en kyk hoe sy beroerte na beroerte neem en elke keer regkry om weer op te staan. Ek dink nie ek was nog ooit in my lewe so nat nie. Ek het haar so bewonder en ek wou so sterk wees.

Maar dit was nooit regtig seksueel tussen ons nie. Ons het nooit gepraat van masturbeer of om die modelle te wil naai of afklim of iets nie. Ons sou sê 'dit is warm' of praat oor wat ons daarvan gehou het of nie daarvan gehou het nie, maar op 'n duidelike nie sextende manier nie. Dit was aanvanklik wonderlik, want dit het die hele ding vir my veilig laat lyk. Ek kon 'n taboe-deel van my uitdruk aan iemand wat nie net in my broek probeer kom het nie.

Maar toe besef ek dat ek in Richard se broek wil inklim. Toe het dit opgehou om so wonderlik te wees. Teen daardie tyd het ons gegradueer en het verskillende kolleges drie state apart bygewoon. Ons verhouding het ontwikkel. Ons sou mekaar net aanlyn of oor vakansies by die huis sien. Die pornografiese deel van ons dinamiek het dramaties verlangsaam tot 'n uiteindelike stilstand toe ons albei begin uitgaan het. Wel, hy het uitgegaan. Ek het myself op die warmste lyf by enige gegewe partytjie gegooi.

Nietemin was dit 'n uiters vormende deel van my lewe, en al ons ou geskiedenis van kitsboodskappergesprekke is op my eksterne hardeskyf gestoor. Jare se skakels, aflaaie en erotika het voor my oë geflits toe ek dit op my skootrekenaar laai. In die loop van baie aangename nagte het ek dit alles uitgesorteer in dopgehou vir Iconic Chats, Goddesses, Submissive Fantasies, Romantic Gay, Friends to Lovers ('n besondere skuldige plesier van my), enige dosyne meer. Soms wil ek iets lukraak hê, soms iets spesifiek. By die werk het ek daardie dag 'n verleentheid spandeer om oor een gunstelingvideo te dagdroom.

My vingers duik na my poes toe ek speel op 'Amateur gee haar boyfriend 'n blowjob (#14)'. Haar passie en opgewondenheid het dit warm gemaak toe sy sy haan met haar mond aanbid het. Haar gesig was 'n collage van mededingende emosies - opgewondenheid, vreugde, fokus, plesier en liefde - terwyl haar oë tussen haar geliefde se gesig en sy haan geskiet het. Dit is asof sy geweet het sy is veronderstel om oogkontak te hou terwyl sy hom suig, maar sy kon nie help om na sy piel te staar nie. En dit was 'n pragtige haan! Dink en vormlik, dit het gelyk of dit my poes wonderlik sou vul.

Ek het my vingers binne-in myself gekrul, my g-kol gevryf terwyl ek my klit beet het en my verbeel ek word gevul deur die piel in haar mond. My hart het betyds gehardloop met haar dobberende kop, elke klop stuur pulse van begeerte deur my, wat my poes laat klop van lus. My spiere het gespan en onwillekeurige geluide het my ontgaan. Dis presies die soort slordige blowjob wat ek vir Richard wou gee! Voel sy kloppende harde piel in my mond ... sy hande op my kop wat my ritme lei ... Die plesier wat oorkant speel is 'n pragtige gesig, voel hoe sy harde abs buig, sy bene bewe langs my sye terwyl ek hom suig.. Ek het gekreun met die plesier wat deur my dring en my verbeel hy kon my stem oor sy manlikheid voel. My poesie het hitte soos 'n vuur uitgestraal, oënskynlik immuun teen alle nat sappe wat uit my stroom.

Iets anders. Nog 'n video. As ek tot die einde by hierdie een vashou, om haar voorkoms van pure tevredenheid te sien nadat sy sy vrag ingesluk het, sou ek binne sekondes klaarkom en ek moes terughou. Terg en ontkenning is een van Richard se gunstelingspeletjies, en ek is nie naastenby so goed daarmee soos sommige bloggers wat ek volg nie, maar daar was baie op die spel wat my daarvan weerhou het om oor die rand te kantel. Tevrede my is rasioneel. Rasionele ek raak senuweeagtig en bang om kanse te waag. Rasionele ek het jare lank teruggehou om haar aangetrokkenheid tot Richard te bely, en sy het geen saak gehad om vanaand uit te kom nie!

Ek was so opgeneem in masturberende hedonisme dat ek vir 'n geruime tyd nie die nuwe tekswaarskuwing gesien het nie.

Richard: Haai, ek is vanaand in jou buurt. Wil jy saam met my aandete eet?

"Hy moet die enigste ou op aarde wees wat korrekte leestekens in tekste gebruik," het ek gedink. Ons teksboodskapgeskiedenis was 'n lang string perfek geproefleesde Engels van hom, kontrasterende tekskortskrif en emoji's van my. Dit was dit! Alles volgens plan! Goed, moenie dink nie, laat net jou hormone vir jou praat.

Erika: ja klink goed

Erika : daar is iets waaroor ek wou praat

Erika: moenie dat ek dit sê nie niks

"Sukses!" Ek het verwag om deur spyt verteer te voel en dit te wil terugneem, maar ek het nie. Bietjie senuweeagtig, maar opgewonde. My klit, verward oor waarheen haar plesier verdwyn het, klop van frustrasie. Ek het geglimlag en haar saggies soos 'n hondjie geklop. "Moenie bekommerd wees nie, jy sal gou genoeg werklike aksie hê ... ek hoop." Ek het gedink dis moeilik om te bang te voel met hierdie baie wellus wat deur jou are jaag.

Op 'n regte manier, wat het ek gehad om te verloor? Richard was my beste vriend vir sewe lang jare, maar ons verhouding was vir die meeste van hulle nie wat ek wou hê nie. Ek het nog nooit regtig vervul gevoel met enige van my maats nie en ek was amper moorddadig jaloers op al sy vriendinne. Ook, rasioneel gesproke, was dit die perfekte tyd. Ons was albei enkellopend en het so na aan mekaar gewoon as wat twee werkende volwassenes redelikerwys kon hoop.

Goed, miskien was dit al vir etlike maande 'die perfekte tyd' terwyl ek my voete gesleep het... maar dit was buite die punt!

Iets het met sy laaste vriendin gebeur. Hulle was meer as twee jaar saam, maar hul skeiding was erg. Ons het nooit oor sy romantiese vennote gepraat nie, waarskynlik omdat ek bitsig geword het die eerste paar keer wat hulle opgekom het. Wat dit ook al was, dit was so erg dat hy nou probeer het om sy natuurlike kinky dominante kant te onderdruk en op soek was na vanielje-bevrediging in 'n rits Tinder-haakplekke. Hy het minder soos homself gelyk ... minder selfversekerd en altyd effens moeg.

Meer as net my eie onbeantwoorde aantrekkingskrag, wou ek hom help. Ek wou die een wees wat hom ten volle omhels en hom sy ware self laat wees, soos hy vir my gedoen het. Na baie pogings om hom uit homself te trek, het ek uiteindelik besef dat die enigste manier om dit te doen was om hom 'n nuwe onderdanige te gee. En dit sou ek wees.

Goed, goed, ek was meer as 'n bietjie senuweeagtig daaroor. Richard was natuurlik baie dominant, maar ek was nie 'n gebore onderdanige nie. Ek wou een vir hom wees, maar ek het nie geweet hoe goed ek kon presteer nie. 'Dit sal goed wees,' het ek vir die honderdste keer vir myself gesê, 'kry hom eers aan boord en bekommer u later oor die kinky goed.'

Richard: Nou ja, jy het my aandag. Ek swaai oor 'n uur by jou huis in. Voel jy soos Italiaans?

'N uur!?!' Dit was nie asof ek ooit eeue voor die spieël deurgebring het nie, maar ek het ernstig 'n stort nodig gehad. Warm water loop deur my hare, oor my tepels en tussen my bene... mmm... Iets het vir my gesê ek sal tyd nodig hê om behoorlik skoon te word.

DEEL 2

25

Hy het opgedaag in 'n pak, kompleet met das, perfek gevoude broek en manchetknope. Dit alles net om 'n eindstryd te neem. Tipies. Dit is vir my onduidelik of hy selfs 'n jeans besit het. 'n Somersaand van 85 grade en hy is aangetrek om te beïndruk en lyk steeds ontsettend skoon, koel en ontspanne. Sweet was blykbaar die soort ding wat met ander mense gebeur het. Ek, aan die ander kant, het gegaan met gemaklike jeans en 'n tenk top. 'n Mooi laag gesnyde tenktop wat wonderlik met my bors gepronk het. Ek het vir myself 'n bietjie oogomlyner gegee, wat vir my heeltemal fancy is, maar ons was nogal die paar wat nie ooreenstem nie.

Dit was heeltemal tipies vir ons. Hy het homself amper bankrot gemaak oor mode terwyl ek waarskynlik my bene sou breek as ek probeer om in hakke te loop. Alhoewel ek hom daaroor geterg het, moes ek erken dat dit hom vrek goed laat lyk het. Die manier waarop die skerp gesnyde klere sy sye omhels en sy atletiese raam gewys het... en daardie broek het sy gat net presies reg vasgedruk...

Daar is letterlik duisende wonderlike eetplekke in Brooklyn naby Richard se huis. New York City, aan die ander kant ... nie soseer nie. Daar is baie voordele daaraan verbonde om aan die verkeerde kant van Manhattan te woon. Soos om byvoorbeeld huur te kan bekostig en jou huis te kan verlaat sonder om gepeupel te word. Die grootste een is die uitsig. Die uitsigte van die middestad van Manhattan vanaf New York City is die enkele beste stadsuitsigte op aarde. Ek was baie bly hiervoor toe ek en Richard in 'n Italiaanse restaurant langs die water gevestig het, want dit het sy aandag van my afgetrek toe ek gesukkel het om myself te komponeer.

"Haal net asem," het ek vir myself gesê, "Dis Richard, jy praat elke dag aanlyn met hom." Maar hy het nog nie een keer na my klowing gekyk nie. Ek het nie eers my gat gekyk terwyl ek my skoen vasgemaak het nie. Dit het my nie met selfvertroue vervul nie.

"Dit is ongelooflik," het hy gesê terwyl hy uitkyk oor die water na Battery Park en Wall Street, "trek my aandag, maak nie saak hoeveel keer ek dit sien nie."

"Ja."

'n Aangename briesie het die water oor ons afgewaai en die ergste van die somerhitte verdryf. Dit het op 'n baie opvallende manier deur Richard se hare gewaai. Hitte het deur my liggaam gestyg wat niks met die temperatuur te doen gehad het nie. Hy was net so fokken sexy in 'n pak... Oorkant die pad van ons tafel het toeriste die rivier se paadjie saamgedrom. 'n Groep met 'n selfie-stok het al die ander in die pad gesteek en sommige motorfietsryers het tevergeefs probeer om vinniger te beweeg as om te kruip. Ons het albei gelag toe een onoplettende kind 'n krakeling aan 'n seemeeu verloor het.

"Jy weet ek vrek van spanning hier."

Ek het gespring en besef sy aandag het na my verskuif. Tyd om hom te vertel. Maar op een slag het die waas van opwinding waarin ek myself probeer beskerm het, verdwyn. Skoenlappers fladder deur my maag en ek voel hoe ek bloos. 'Dis Richard! Jy vertel hom alles anders! As hy enigiemand anders in die wêreld was, sou jy reeds met hom geflankeer het. Fok's onthalwe! Jy is 'n volwasse gatvrou, kry jou kak saam.'

"Wat?" was al wat ek kon uitkry. " Verdomp !"

"Hmm... kom ons kyk of ek kan raai. Jy het nie die ARA-projek by die werk voltooi nie, jy sou dit dadelik gevier het sonder om kripties daaroor te wees. Dieselfde geld vir Tyler wat uiteindelik afgedank is. Jy het nie 'n verhoog of jy sou die duurste wyn op die spyskaart gekoop het. Daardie een bietjie aan die einde maak my baie nuuskierig . "Moenie dat jy sê dis niks nie." Wat kan jy ook al daarmee bedoel?"

Richard is 'n volslae slaaf van sy eie nuuskierigheid, so ek het so iets verwag en ek het ure spandeer om uit te vind hoe ek dit sou hanteer. Ek het 'n klomp variante probeer om taktvol in die onderwerp te verlig. Ek het hulle almal gehaat. Subtiliteit is regtig nie my ding nie. Ek het gesug, op my tande gekners en uitgebars:

"Ek wil jou meisie wees." Ek sien nie baie verbasing op Richard se gesig nie. Dit het lekker gevoel om ons tipiese rolle so om te ruil. Laat hom vir 'n slag die een van balans wees. Ek het dit gesê! Ek het dit uiteindelik gesê! "God, ek wou dit al jare lank sê! Maar jy het altyd met iemand uitgegaan of ek was te veel van 'n lafaard of ek het gehoop jy sou op jou eie 'n skuif op my maak ." Ek het probeer om sy reaksie te peil, maar kon nie. Sy ernstige pokergesig was aan en dit het my onrustig gemaak. "En ... ek dink ek is moeg gewag. En ek weet jy was ellendig met al daardie Tinder-haakplekke. Jy het probeer om iemand te wees wat jy nie is nie vandat jy en Chloe uitmekaar is. Ek wil jou hê om jou volle self by my te wees. So ja, daar is dit... sê asseblief iets."

Was daardie vrees op sy gesig? Nee ... vrees? 'n Kuil het in my maag oopgegaan en gedreig om my daarin af te sleep. Maar nee, daar was meer daar. Begeerte? Verlang? Het ek net vir myself emosies gewys wat ek wou sien? "Sê asseblief iets!" Ek het innerlik gesmeek, 'asseblief!'

Uiteindelik het hy dit gedoen. "Sjoe, dit is baie om in te neem." Van die kleed het gelig en hy het 'n voorlopige glimlag gegee. "Jy kan ontspan. Ek wil jou hê. Baie."

"Jy doen?" "AHHHHH!"

"Ja, en ek is jammer as ek jou ongewens laat voel het.

Sy woorde en sy uitdrukking stem nie ooreen nie. "Jy lyk nie opgewonde nie."

Hy sug. "Ek dink aan wat jy gesê het oor ek is iets wat ek nie is nie. Ek neem aan jy is reg, maar ek wil dit graag vanuit jou perspektief hoor. Wat laat jou dit sê?"

"Jy het op jouself neergeval. Nie soseer rondom my nie, maar net in die algemeen. Jy lyk nie so seker van jouself nie en het hierdie klein vertragings. Dit is asof jy 'n normale reaksie het op dinge wat jy onderdruk of heroorweging of iets. Ek het dit 'n bietjie opgemerk ná jou breuk en dit het gevoel asof jy nie beter word nie." Om die volgende deel te erken was moeilik, maar dit moes gesê word, "kyk, ek weet ek was 'n totale jaloerse teef oor al jou vriendinne en ek is jammer dat ek nooit oor jou en Chloe gevra het nie, maar ek weet sy was jou eerste baie ernstige langtermyn D/s-verhouding. Dinge het sleg geëindig met haar en jy het probeer om die dominante deel van jouself af te skakel. Maar jy kan nie. Dit is net wie jy is, en dit 'n deel van jou wat maak jy is gelukkig."

"En jy sê jy is nie oplettend oor mense nie..." prewel hy vir homself. Dan, harder, "So jy wil met my uitgaan om my weer bymekaar te sit?"

Ek het hom stip op en af gekyk, my oë oor sy lippe, sy fikse figuur en direk in sy kruis laat hang. "Wel... dit is nie net daardie rede nie." Ek het nog nooit met hom probeer flankeer nie en dit het goed gevoel. Ek wou die gesprek wegbeweeg van neerslagtige areas en meer op ons saam fokus, maar dit het nie gewerk nie.

"Wat as daar 'n goeie rede is vir my om kraguitruiling agter te laat? Wat as ek Chloe ernstig seergemaak het en ek besluit dat dit 'n bietjie befok is om aangeskakel te word deur die pyn van my geliefde?"

"O god, hoeveel seer het hy binne?" Ek het verskriklik gevoel en besef dat my jaloesie my verhinder het om te ondersteun. Ek wou hom omhels, maar ek het geweet dit is nie die manier om by hom uit te kom nie. Hy het die beste op rasionaliteit gereageer. "Jy impliseer dat jy beledigend was en ek twyfel hoogs of dit waar is. Jy is een van die mees nadruklike mense wat ek ken. Is ek verkeerd daaroor?"

"Nee ..." het hy huiwerig gesê, "nie so beledigend nie. Maar ek het haar vertroue ' n aantal kere verbreek. Wel, ek veronderstel in regverdigheid, ons het albei mekaar se vertroue gebreek. Maar tog..."

"Richard," sny ek hom af, "ons is vyf-en-twintig. Ons is jonk! Ons doen soms dinge waaroor ons spyt is." Ek het sy hand van oorkant die tafel geneem en dit vir beklemtoning gedruk. "Jy kan nie vir ewig aanhou om jouself te straf nie. Jy verdien om gelukkig te wees." Sy hand was ferm en kragtig in myne. Ek het dit meer geniet om dit te hou as wat ek verwag het.

Ons het albei afgekyk na ons saamgevoegde hande. Dit het gelyk of hy ook daarvan gehou het. Maar tog was hy nie oortuig nie. Ek het gevoel ek kom naby...

Ek het hom 'n bietjie harder gedruk, "Kyk, jy is nie nou gelukkig nie. Moet dit nie ontken nie, ons albei weet dit is waar. Redes tersyde, jy het die vanielje-leefstyl meer as sy regverdige kans gegee, en die eksperiment het misluk. Miskien is dit tyd om weer op die metaforiese fiets te probeer klim? Ouer en wyser, weet jy ?" Ek het my asem opgehou terwyl hy daaroor dink. Sekondes het verbygegaan, maar ek het nie geweet wat anders om te sê nie.

Stadig, glimlag hy. Iets aan hom het verander, amper onmerkbaar. Hy het effens groter gelyk in my visie en effens minder gespanne. Ek kon sê dit was nie verby nie. Ek sou nog baie werk hê om te doen om sy letsels weg te genees, maar hy het gewillig gelyk om my 'n kans te gee.

"Jy is reg, ek was nie gelukkig nie. Ek bieg, ek het dit gemis." Hy het my my 'n wolfagtige kyk gegee, honger van begeerte, "Miskien is dit selfsugtig van my, maar ek voel ek wou hê jy moet my inpraat.

Miskien veral omdat dit jy is..." Die onmiskenbare wellus in sy oë het my absoluut opgewonde gemaak. Veral omdat dit ek is? Was dit moontlik dat hy ook oor my gefantaseer het? My asemhaling het versnel en my eie begeerte het hervat. Dit het eg begin voel. Ek wou hom kry! Ek het sy hand harder vasgegryp, besitlik. "Myne!"

"Maar tog," het Richard voortgegaan, "ek wil seker maak jy verstaan waarin jy jou inlaat. Daar is 'n groot verskil tussen om my meisie te wees en om my onderdanig te wees."

"Dis goed, ek wil wees—" Hy het my met sy oë stilgemaak. Tot vandag toe het ek geen idee hoe hy dit doen nie. Niks fisies verander in hulle nie, maar op een of ander manier werk dit elke keer. Dit was die eerste keer dat ek regtig gevoel het dat sy oorheersing op my gerig is. Ek het dit al voorheen gevoel, dit voortdurend in verskillende skakerings gesien, maar hy het my nog nooit regtig so geslaan nie. Dit het 'n onmiddellike effek gehad. Woorde het in my mond gesterf en ek het gebewe. Ek het my bene saamgedruk, voel hoe die warmte in my vererger.

"Dit is belangrik. As jy regtig wil hê ek moet my volle en ongebreidelde self wees, dan praat ons nie net oor een of ander kinky seks 'n paar keer per week nie. Ons praat daarvan dat jy jouself aan my oorgee. Fisies, geestelik en emosioneel sal ek daarna streef om die geheel te besit van wat jou maak , Erika. Dit sal baie anders wees as die vriendskap wat ons al ons volwasse lewens gehad het. Is jy seker dit is wat jy wil hê?"

Ek het sy ernstige stemtoon onwrikbaar ontmoet. "Ja. Ek wil probeer. Daar sal 'n leerkurwe wees, maar ek wil dit hê."

"Ek weet jy doen. Jy het jou gedagtes ingestel en jy is vasbeslote om dit deur te sien. Daardie hardnekkige streep van jou sal nogal lekker wees om mee te speel." Hy het na my gekyk , baie meer openlik seksueel as wat hy ooit in ons hele verhouding gehad het. Wys my doelbewus sy aandag op my borste, my lippe, my nek. Ek het my bene harder saamgedruk en verlustig my in sy aandag. Terwyl hy openlik na my klowing gestaar het, het my tepels verhard, asof hulle sy erkenning ook wou hê.

"Desnieteenstaande," het Richard voortgegaan, "sal ek nie reg voel tensy ek my bes doen om jou soveel begrip as moontlik te gee voordat ons dinge tussen ons verander nie. Maar dit is vir my moeilik om oor te praat, want ek het nog nooit die sub se ondervinding ervaar nie. kant." Hy het dit oorweeg, toe sy foon uitgehaal en deur sy kontakte blaai. "Daar is 'n vriendin van my wat redelik naby woon wat ek graag wil nooi om by ons aan te sluit. Sy kan jou alles vertel wat sy wens iemand het vir haar gesê voordat sy in onderwerping ingevaar het."

Ek het daaraan gedink om terug te stoot. Ek was al vrek seker wat ek wou hê. Al wat ek wou doen, was om vinnig deur aandete te kom, huis toe te jaag en hom uit daardie pak te stroop. Maar hy het probeer doen wat hy gedink het reg is en hy sou beter voel om te weet hy het dit gedoen. So, ek het myself berus om net 'n bietjie langer te wag. "As dit regtig vir jou belangrik is, goed."

"Dink daaraan as ingeligte toestemming. Boonop sal jy van haar hou. Sy is baie jou tipe." Hy het stilgebly en oorweeg, voordat hy voortgaan, "en daar is 'n bietjie agtergrondinligting wat jy waarskynlik eers moet weet."

"'n Bietjie' het dit nie juis gedek nie. Dit blyk dat daar 'n ton was wat Richard nog nooit vir my gesê het terwyl hy my teen vriendin-afguns beskerm het nie. Hy en Chloe het 'n paar eendersdenkende paartjies op Fetlife ontmoet en hulle het elke paar weke bymekaar gekom. Hy was skraps met die besonderhede, maar dit het geklink of hul ontmoetings baie seksueel was op 'n nie heeltemal monogame manier nie. 'n Weemoedige kyk het oor sy gelaatstrekke gespeel terwyl hy die oop dinamiek onder hulle beskryf het, hoe hulle mekaar in staat gestel en ondersteun het en hoe dit lekker was om openlik kinky te wees rondom mense wat verstaan. Hy het blykbaar ver met hulle geraak sedert die breuk. Hierdie vriendin van hom, Cathy, was deel van daardie groep saam met haar minnares, en sy het 'n entjie se stap weg gewoon. Klein wêreld.

DEEL 3

Cathy het by ons tafel verskyn net toe ons die tjek betaal. Ek sê 'verskyn' want dit het regtig gelyk of sy uit die niet gematerialiseer het. Die een sekonde was Richard besig met tip-wiskunde, en die volgende sekonde was daar 'n klein, bleek vrou wat hom omhels het. Ek het besef dat hulle mekaar 'n geruime tyd nie gesien het nie uit haar aantygings dat Richard suig was om in kontak te bly en 'n piel was omdat hy in die middel van die nag 'n reünie oor haar laat kom het.

Net soos Richard gesê het, ek het wel van haar voorkoms gehou. Sy was klein, 'n vol kop korter as ek, maar atleties gebou met taai hande en 'n stapper se bene. Sy het 'n t-hemp gedra met 'n plaaslike kroegdruk en jeans wat by die knieë geskeur is om 'n kortbroek te wees. Haar borste het wonderlik, ferm en vol genoeg gelyk om pret te wees, maar kompak genoeg dat hulle haar nie sou pla terwyl sy hardloop nie. Kort gesnyde rooi hare omraam haar gesig, skuins na die een kant om die orbitale en helix-piercings in een oor te wys. Sy was daarop gefokus om my gelyktydig op te kyk terwyl ek haar ingeneem het. Ons oë het ontmoet en die vonk van aantrekking tussen ons sou my gaydar laat lui het, selfs al het Richard nie haar minnares genoem nie. My tipe inderdaad. Ek het regop gesit en 'n vertoning gemaak om my bors uit te steek.

Sy het gehou van wat sy gesien het. "Wie is jou oulike vriendin?" Sy het gevra. Toe sy my naam hoor, hyg Cathy, "Jy is die een van wie hy altyd praat! Dit is wonderlik om jou uiteindelik te ontmoet, ek is regtig bly hierdie idioot het uiteindelik oor homself gekom en jou na ons wêreld gebring."

"Praat hy altyd van my?" Ek het dit weggelaai vir later.

"Om die waarheid te sê," het ek uitgewys, "Hy het niks gedoen nie. Ek het hom uitgevra en hy sleep nog steeds sy voete daaroor."

Cathy het Richard 'n ongelooflike blik gegee. "Jy is deur 'n meisie uitgevra?"

Hy het gelag: "Is dit regtig so moeilik om te glo dat iemand my dalk aantreklik sal vind?"

"Dit is moeilik om te glo dat jy iemand anders nodig het om die inisiatief te neem."

Ek het aangesluit by Richard se lag, bly iemand anders het my stryd waardeer. "Moenie ook met my saamspan nie!" hy steek grappenderwys sy hande op. "In elk geval, voor ons te ingaan, moet ons seker hulle tafel vir hulle teruggee. Julle albei stel in roomys belang? Daar is 'n goeie plek naby."

Ons het uiteindelik koue suiker romerige heerlikheid gesmul in 'n park naby my huis. Ons het Cathy meer op die hoogte gebring en ek het gevind dat ek van haar hou. Die manier waarop sy borrelende warmte met oneerbiedige direkheid gekruis het, het haar baie maklik gemaak om mee te verbind. Sy het wel baie gehad om te deel oor 'ons wêreld' soos sy dit gestel het.

Sommige van haar waarnemings was kleiner amusante staaltjies. Soos byvoorbeeld hoe sy gevind het dat sy manchetten en gewasse in haar analogieë meng en haarself by die werk moes dophou. Of hoe die mees algemene rede waarom sy 'n slawerny-toneel moes stop, was om die badkamer te gebruik.

Ander was groter en meer abstrak. Alles in Cathy se lewe het oorlaai gevoel. Die hoogtepunte was hoër, die laagtepunte was laer en sy het selde neutraal gevoel. Haar minnares was in orgasme beheer, so Cathy was ewig geil. Alles wat sy gedoen het, het op een of ander manier seksueel gevoel, van soggens aantrek tot Starbucks bestel om 'n vreemdeling te ontmoet en hulle refleksief na te gaan. Soms kan iets so eenvoudig soos om diep asem te haal op 'n helder sonnige dag haar ongelooflik LEWEND laat voel in 'n hooflettermanier. Dit het my nog nie laat afskrik nie, of wat Richard ook al verwag het, dit het my meer geïnteresseerd gemaak. My eie eksperimente in daardie departement het my 'n gevoel gegee van wat sy probeer sê het, en ek het gehou van die idee om 'n bietjie speserye by my daaglikse lewe te voeg. Sy blameer dit alles op Richard, wat sy 'The Wizard' genoem het, omdat sy haar minnares aan terg en ontkenning voorgestel het.

Die uitdrukking op sy gesig het my laat vra: "Hoekom is jy 'The Wizard'?"

Hy het my geïgnoreer en vir Cathy geknik, "Ek het gehoop jy het daardie verdomde bynaam vergeet. Hoekom vertel jy haar nie van joune nie, Firefly?" Om een of ander rede, ten spyte van al die persoonlike seksuele goed wat sy reeds onbeskaamd gedeel het, het dit Cathy se wange laat spoel.

"Haar is maklik, haar hare is regtig vurig," het ek uitgewys.

"Ja, Firefly want ek is 'n rooikop," het Cathy vinnig gesê, "In elk geval terug na Wiz—"

"Cathy." Richard sny glad deur haar woorde soos 'n mes. Nie harder of sagter nie, maar met onmiskenbare gesag wat my laat bewe het en Cathy laat spring het asof sy op haar foon by die werk betrap is.

"Goed!" Sy het gebieg: "Ek het my bynaam in ons groepie gekry, want wanneer Meesteres Sam my slaan, gloei my bleekwit gat soos 'n vuurvliegie." Ons het almal gelag. Dit het my egter laat wonder. Het genoeg mense hierdie verskynsel gesien om op die bynaam te wees?

"Hoeveel mense het al gesien jy kry pakslae?"

"Almal in die ontmoetingsgroep en 'n paar ander vriende van ons." Sy bloos dieper en laat haar op 'n baie oulike manier lig. "Dit is nie naastenby die swaarste kak wat vir 'n skare gebeur het nie."

"Wat is die swaarste kak wat in hierdie groep gebeur het?" Ek het gewonder, maar besluit om daardie vraag vir 'n ander keer te hou. Richard het gedeflekteer en ek kon hom nie net laat wegkom deur die aandag weg van homself af te fokus nie.

"Terug na jou nou. Hoekom is jy die towenaar?"

"Dis omdat hy kan toor—" begin Cathy

"Ek kan nie toor nie," sê Richard met 'n rol van sy oë.

"—Al ontken hy dit," druk sy deur sy onderbreking. "Gelukkig hoef jy nie my woord of syne daarvoor te vat nie! Jy kan na 'n paar bewyse kyk en self besluit." Sy het haar foon uitgesweep.

"Moenie vir my sê jy het daardie video gestoor en jy dra dit oral rond waar jy gaan nie." Richard kreun.

" Natuurlik ! Het jy enige idee hoe warm dit vir ons subs is?" Sy het haar foon vir my gegee, "het jy enige oorfone by jou? Hier, gebruik myne. Ernstig egter, Richard, dit is 'n goeie ding vir haar om te sien of jy 'n idee wil gee van hoe intens kraguitruiling kan word."

Hy het gesug maar geknik, "Goed, maar hou in gedagte dat dit die uiterste einde is. Dit moet as 'n waarskuwing dien."

Ek het tussen hulle gekyk en probeer besluit hoe ernstig hulle is. "Dit is 'n hele klomp opbou. Verskoon my as ek skepties is enigiets kan dit gestand doen." Richard het wetend geglimlag, asof hy my wou herinner dat hy jare lank pornografie met my uitgeruil het en hy weet verdomp goed wat aan my verwagtinge sou voldoen.

Oorfone in, ek slaan speel.

Onmiddellik is ek deur grafiese seks aangeval. Die kamera het gefokus op 'n mooi vrou wat op haar rug op 'n verhewe tafel lê met haar oë toe, arms langs haar en haar bene gesprei. Dit het spesifiek gefokus op haar poesie, wat baie duidelik baie warm was. Rivules van nattigheid het van haar onderdele tot by haar gat opgespoor en haar bekkenspiere het gespat. 'n Skaduagtige figuur wat langs haar kop gebukkend is, asof dit in haar ore fluister. Soms sou hy haar streel. Haar gesig, haar nek, haar hare, sy aanraking was sag en het gelyk of dit warmte en toegeneentheid ... en liefde koester.

Ek het ongemaklik geskuif. Dit was duidelik Chloe op die tafel en Richard bo haar. "Moenie jaloers wees nie, hy is nou joune, binnekort gaan daai vingers jou streel."

Hy het nooit onder haar sleutelbene gegaan nie, maar haar liggaam het gereageer asof hy 'n vibrator op haar klit gedruk het. Haar abs het gebuig, haar borste het geswaai en al haar spiere het gebewe. Sy het stuiptrekkings gekry, maar nooit geskuif nie, asof sy 'n mimiek was wat optree wat deur onsigbare toue vasgebind is. Haar arms het reguit na onder gedruk terwyl haar bobene hulself geveg het om terselfdertyd wyer oop te maak, saam te klem en op een slag perfek stil te bly. Minuut vir minuut het haar stryd meer uitgesproke geword. Haar skaamlippe het oorstroom met bloed en haar klit het duidelik tussen hulle sigbaar geword. Sy het vrylik gekreun, soos 'n pornoster wat die rol van 'n haanhonger hoer optree. Richard het beweeg om langs haar te wees, soos Prins Charming wat oor Sneeuwitjie buk, maar oneindig meer X gegradeer. Hy fluister nog steeds vir haar en beweeg na haar mond. Chloe se heupe druk hulself in die lug, en word meer woes hoe nader Richard aan sy teiken kom.

Toe soen Richard haar, en Chloe se poes het in orgasme ontplof. Haar klit het gelyk of dit sou bars en haar vagina kon nie harder saamgetrek het as sy 'n haan binne-in haar gehad het om vas te gryp nie. Ek het gevoel hoe my kakebeen val. Niks behalwe lug het enige erogene deel van haar aangeraak nie. My eie liggaam het gereageer op die rou woede van Chloe se orgasme terwyl sy aanhou kom en kom . Richard se lippe is steeds teen hare gedruk, sy tong duidelik in haar mond, haar orgasme het oor 'n minuut en 'n half verloop.

Die skerm het swart geword.

"Hoe de fok het jy dit gedoen?" Ek het van Richard geëis. Hy en Cathy het albei gelag.

"Jy moes gesien het jou oë word al hoe groter," het Cathy my terg, "soos ek gesê het, hy is 'n verdomde towenaar."

Richard trek sy skouers op, maar lyk duidelik selfvoldaan. "Eenvoudig. Ek het vir haar gesê om te kom en sy het gehoorsaam."

"Hoe is dit veronderstel om 'n waarskuwing te wees?" Ek het gevra. "Geen vrou op aarde kon dit sien en nie 'n smaak hê nie. Doen dit ook aan my asseblief." Ek het na die skerm gewys, "Ek sal hê wat sy het."

"Goed, grappie eenkant, daar is baie kondisionering wat hipnose soos dit moontlik maak." Cathy het 'Wizard' agter Richard se rug gebel toe hy 'hipnose' gesê het. "Dit is nie verstandsbeheer nie, dit het vereis dat sy my opreg in haar gedagtes wou inlaat en my gehoorsaam. In elk geval, tree 'n sekonde terug. Kan jy jouself 'n handvrye orgasme gee? Enige van julle? Natuurlik nie, dit is hoekom die video vir jou so fassinerend is. Chloe kon ook nie."

"Maar," beduie ek vir die foon, "ek het net gesien hoe sy dit doen."

"Ja en nee. Ja, sy het 'n orgasme gehad sonder fisiese stimulasie. Maar nee, sy kon dit nie vir haarself gee nie. Sy kon haarself nie oor die randjie dink nie, sy het nodig gehad dat ek haar daardeur moes praat. Sy het gekom omdat Ek het vir haar gesê. Dit, Erika, is jou waarskuwing." Sy glimlag het verdwyn en sy staar het in my gesteek, asof hy probeer om sy boodskap in my in te dwing met die gewig daarvan. "Op 'n baie werklike manier het ek vir haar gesê om iets te doen wat vir haar onmoontlik is op haar eie, maar sy het my in elk geval gehoorsaam. Dit is hoeveel mag 'n dominant oor 'n onderdanige kan uitoefen. Dit is hoeveel beheer ek oor jou kan hê. . As dit jou nie bekommer nie, ten minste 'n bietjie, moet dit."

Cathy knik, ook ernstig, "Dis waar. Dit is dieselfde vir my. Na 'n rukkie raak jy so gewoond daaraan om te onderwerp en gehoorsaam te wees dat ongehoorsaamheid visceraal verkeerd voel. Soos, selfs net die idee daarvan. Ek is ook super sensitief tot alles van my minnares. Ek dink dit is waar vir alle onderdaniges. As jou Dom kwaad is vir jou, of hel, selfs net effens teleurgesteld, ruïneer dit jou. Kan nie eet nie, kan nie slaap nie, kan aan niks dink nie anders. Jy sal baie doen om daardie gevoel te vermy."

Dit het in my kop ingewerk. Ek was al redelik sensitief vir Richard. Hel, ek het sopas 'n week spandeer om myself te verteer net om my vrees om deur hom verwerp te voel, te probeer verdrink. Sou ek daardie vrees selfs meer akuut voel? Sou dit uitbrei om enige soort negatiwiteit van hom in te sluit? Dit het my bekommer. Ek wou nooit so emosioneel behoeftig wees nie, maar was ek nie al op pad soontoe nie?

Maar dit het ons nie genoeg krediet as 'n paar gegee nie, reg? Richard het vir my omgegee. Hy het altyd vir my omgegee as sy beste vriend en nou het ek geweet hy sou selfs meer as my minnaar omgee. Ek kon dit diep in myself voel. Hy het opreg omgegee om seker te maak dat ek gemaklik is en veilig voel.

"Ek vertrou jou," het ek probeer om soveel gevoel as moontlik in die woorde te sit, om hom gerus te stel dat ek dit regtig bedoel het. Ek was nog altyd suig om my emosies oor te dra, maar sy terugkerende glimlag het my laat weet hy verstaan. Ek het sy oë ontmoet en probeer om soveel emosie as moontlik oor te dra, maar ek het gevoel hoe ek verdwaal in die pragtige patrone van blou, teel en geel rondom sy swart pupille. Hy, aan die ander kant, het gelyk asof hy verby my uiterlike diep in my inkyk. Ek wou myself aan hom wys, sodat hy my kan sien. "Ek vertrou jou, ek wil jou hê." Ek het probeer om my gedagtes deur ons oë in sy kop oor te dra. 'Ek vertrou jou. Ek wil jou hê. Ek wil julle almal hê. Ek wil jou gelukig maak. Ek wil soen-'

Die gedagte het skaars begin toe daar skielik geen spasie tussen ons was nie. Sy arms om my, sy gesig sentimeters van myne af, het gelyk of hy bo my uittroon ondanks die feit dat hy dieselfde hoogte is. Ek het sy warmte en nabyheid inasem en voel hoe my oë vanself toemaak. "O my god o my god o my god." So romanties kaasagtig as wat dit klink, toe sy lippe aan myne raak, het my bene regtig amper uitgegee. My hele lyf het gelyk of ek op een slag sug en ek het skaars tyd gehad om te registreer hoe warm sy lippe voel voordat sy tong in my mond was. Het hy so warm gevoel omdat die roomys my afgekoel het? Hoekom het dit nie op hom gewerk nie? Hoekom het ek op 'n tyd soos hierdie aan roomys gedink? Ek het my gedagtes afgeskakel en my in hom gedruk. My tong worstel met syne en ons het om my mond gedans. Ek probeer soos ek kan, ek kon blykbaar geen veld in sy mond kry nie. Ons het afgewissel tussen om ons tonge te verstrengel en dat hy myne vaspen. Hy het my naby gehou om my begeer te laat voel, op 'n manier wat ek vir jare van hom moes voel.

Dit was perfek. In retrospek kan ek nie sê of dit so gevoel het omdat die soen eintlik so goed was of omdat dit ons simboliese eerste was nie. Ek het destyds pure verheugde vreugde gevoel. Wel, miskien nie eintlik 'suiwer' vreugde nie. Dit is met 'n bietjie wellus verdun. Goed, miskien baie lus. Ek was hygend, nat op sommige plekke en kliphard op ander toe ons uiteindelik uitmekaar gekom het.

"Jy lees my gedagtes," fluister ek vir hom, "Jy is regtig 'n towenaar."

"Geen magie nie, eenvoudige muggle-biologie. Jou pupille was baie verwyd. Beteken dat jy opgewonde is."

"Sjoe, julle albei lyk of julle dit nodig gehad het." Ek het vergeet van Cathy!

"Jammer! Ons het nie bedoel om jou in 'n derde wiel te verander nie."

"Dit is cool, ek het al op baie uitmaaksessies gekruip. Wat heteros betref, was dit nogal warm . Ek gee julle 8 uit 10. Punte vir rou dors, maar kan verbeter word met meer tasting en minder klere."

'Minder klere! Nou is daar 'n idee.' Ek het besef ek poot skaamteloos na Richard se bors langs die knope van sy hemp. Cathy het met 'n glimlag opgemerk: " Dit gesê, ek dink ek gaan nou huis toe gaan. Ek sal jou aanlyn vind, Erika. Ek is seker ek sal julle binnekort sien!" Sy het dalk so skielik verdwyn as wat sy verskyn het. Ek weet nie, ek was te besig om soos 'n dwaas vir Richard te glimlag.

"Kom ons gaan huis toe," het ek gesê. Om sy knik te sien voel soos pure oorwinning.

DEEL 4

My klein woonstel het heeltemal anders gevoel. Richard het in my gemaklike lessenaarstoel gesit terwyl ek die harde opvoustoel beset wat tipies vir gaste gereserveer is. Dit het net soort van so gebeur. Soos dit sy huis was en ek net hier woon. Ek gooi 'n skaapagtige kyk rondom die plek. My werksklere het nog op 'n hoop gelê waar ek dit vroeër gegooi het, my bed was onopgemaak teen die agtermuur, skottelgoed was nog in die wasbak en my lessenaar was heeltemal deurmekaar. Richard het opgemerk dat die hardeskyf nog by my skootrekenaar ingeprop is en het tergend gevra of ek onlangs enige nut daaruit gekry het. Ek het gevoel hoe my bloed styg. Dit was dalk die mees seksuele steek wat hy nog ooit na my geneem het.

Ek het daarvan gehou, en na al die opbou was ek moeg gewag. So, ek het hom alles vertel van wat ek voor ete gedoen het. Ek het hom vertel hoe ek vir 'n week elke dag dieselfde ding gedoen het en myself tot vanaand opgewerk het. Ek het die erotiese flirt aangeskakel wat ek nog altyd vir hom wou wees, so uitdagend as moontlik en beskryf hoe my vingers in myself draai soos ek my al die dinge voorgestel het wat ek aan hom sou doen en hy aan my sou doen. Hoe ek hom alles na sy balle sou suig totdat hy hard in my keel af gegroei het. Hoe ek ure lank so nat was dat hy dadelik in my ingeskuif het sonder enige voorspel. Hoe ek gewens het hy het hard en vinnig in my ingedruk en my hard genoeg gestamp om die bed te laat bewe.

Hy luister, beleefd aandagtig soos altyd, so terloops asof ons praat oor waar om middagete te kry. "En jy sê jy is sleg om jouself uit te druk," het hy ironies opgemerk. Sy postuur het subtiel verskuif van gemaklik ontspanne na meer gefokus en intens. "Dis wat jy wil hê, nè? Om 'in my piel te verstik en aan splinters genaai te word', soos jy dit so welsprekend stel?" Ek sluk en knik, my woorde klink baie vuiler uit sy mond. "Wel, ons sal gou genoeg daarby uitkom. Maar eers moet ons oor die twee wette praat."

"Net twee reëls?"

"O nee, jy sal tonne reëls hê om tred te hou. Dit is anders, dit word wette genoem vir 'n rede. As jy daarby uitkom, is reëls net deel van die spel. As jy die reëls verontagsaam, jy kry 'n sexy straf en die speletjie gaan aan. Die wette, aan die ander kant, moet altyd deur ons albei gehoorsaam word.

"Die eerste wet is vir veilige woorde. Rooi en Geel. Sê enige tyd 'Rooi' en alles stop. Sê 'Geel' en ons vertraag. Die veilige woorde bestaan om ons albei veilig te hou en om ons albei te help gemaklik voel. Jy kan dit enige tyd gebruik, om enige rede. Ons sal praat oor hoe jy voel en hoe om jou te help om beter te voel. Daar is nooit enige skaamte om 'n veilige woord te gebruik nie." Sy fokus het 'n rand aan sy woorde gevoeg, "Dit wys nie 'n gebrek aan vertroue of bereidwilligheid om te onderwerp of iets dergeliks nie. Jy moet nooit onder druk voel om dit te gebruik nie. As iemand ooit vir jou anders probeer sê, sê vir hulle om te fok hulself.

jou lieg nie en ek verwag dat jy altyd eerlik met my moet wees. As ek jou byvoorbeeld slaan en ek kyk na jou, verwag ek dat jy eerlik sal wees. jy het ernstige pyn en jy kan nie meer uithou nie, ek verwag dat jy dit vir my moet vertel en nie lieg omdat jy dink dit is wat ek wil hoor nie. Net so, as jy dink jy het gemors en ek sê vir jou dit is okay en ek is nie kwaad nie, jy moet dit glo en dit nie raai nie.

"Basies gaan die twee wette oor oop en eerlike kommunikasie. Dit is belangrik vir alle paartjies, maar dit is veral van kritieke belang vir BDSM. Kraguitruiling is meer as ingewikkeld genoeg sonder om sulke basiese goed te hanteer."

"Rooi en geel. Maklik om te onthou. Ek verstaan. Maar beteken dit nie dat ek net kan kla om vasgebind of pak slae te kry nie?" Dit het sy glimlag van ernstig na wolf verander.

"Dit is dalk 'n bekommernis vir sommige mense, maar nie vir jou nie. Jy weet nie hoe om iets halfpad te doen nie. Dit is deel van wat jou so aantreklik vir my maak. Ek is nie bekommerd dat jy minder as 100 persent gee nie, Ek is bekommerd dat jy jouself vir 130 persent probeer druk en beseer word."

"Baie genoeg," het ek geknik.

Hy het stadig regop gesit, op een of ander manier asof hy meer hoogte kry as wat hy moes. Hy het gelyk soos 'n roofdier wat op 'n baie lekker prooi neerkyk . Dit het my terselfdertyd kleiner maar begeer laat voel. "Jy is jou hele lewe lank in beheer van jouself. Hoe jy jou tyd spandeer, hoe jy beweeg, wie jy agtervolg, hoe jy seks het ... Jy is 'n maagd in hierdie nuwe wêreld, Erika. 'n Baie geil en gewillige maagd." Hy het verbreed, asof ek 'n sappige ruikende biefstuk was, "So nou... is jy gereed om bietjie beheer op te gee?"

Ek was nog nooit meer gereed nie!

Antiklimakties het hy my nie grond toe gedruk en my naai nie. In plaas daarvan het hy my opdrag gegee om met my rug teen die muur te staan. Dit, en niks meer nie. Hy het gesit, sy oë dwaal oor my terwyl ek staan en vroetel. Hy het gelyk soos iemand in 'n museum wat sy tyd neem om 'n meester se skildery te waardeer. Omdat hy nie op enige deel van my veral gefokus het nie, het dit gelyk of hy my alles op een slag vasgevang het. Ek het my verbeel ek kon sy blik voel soos 'n baie ligte fisiese sensasie wat oor my vel speel. Dit het my baie blootgestel laat voel, ten spyte daarvan dat ek steeds ten volle geklee was.

"Weet jy hoekom ek jou aantreklik vind?" Hy het gevra. Ek was verras deur die skielikheid en deur die vraag self. Tot 'n paar uur gelede was ek seker hy stel glad nie in my belang nie.

"Nee—um—" Ek het besef ek moet hom 'n eerbewys gee, maar het nie geweet wat om te gebruik nie, so ek het verstek na "-Meester." Dit het 'n laggie van hom verdien.

"Ek verkies 'Meneer', maar ek hou van waar jou kop is."

"O. Kan ek vra hoekom?"

"Jy mag altyd vra 'hoekom'. Gewoonlik sal ek selfs antwoord. Meester impliseer 'n vlak van... wel, bemeestering, wat ek nie voel ek besit nie. Dit is eintlik deel van hoekom ek nie van daardie 'Wizard'-bynaam hou nie. Soveel. Dit lyk asof albei 'n gevoel van onfeilbaarheid oordra wat nie ek is nie."

"O. Goed, Meneer. Nee, ek weet nie."

"Jy is sterk, vasberade, hoogs intelligent," staan hy en kom na my toe, "en jy besit 'n gevoel van self wat heeltemal jou eie is. Jy soek en doen wat jou gelukkig maak bloot omdat dit jou gelukkig maak, verwagtinge van ander wees verdoem. Ek bewonder daardie dapperheid in jou." My gesig het warm geword van sy lof en ek het geswel van trots. Dit het fantasties gevoel om so van hom herken te word!

Nietemin was ek nuuskierig, "maar dit is nie regtig baie onderdanige eienskappe nie, meneer?"

"Inteendeel, dit is die mees aantreklike eienskappe wat 'n onderdanige kan hê. Enigiemand kan iemand wat swak is oorheers. Dit kan pret wees, maar daar is niks besonders daaraan nie. Iemand wat swak is, het min krag om prys te gee aan die dominante." Hy het liggies oor my wang gestreel, sy vingerpunte stuur rillings deur my kop, "Maar wanneer iemand sterk kies om haar mag aan 'n dominante prys te gee ... wel nou, dit is iets heeltemal anders." Sy hand het na die agterkant van my kop geslinger en my hare stewig vasgegryp, maar nie ongemaklik nie. Ek het gevind dat ek nie kon beweeg nie, nie kon wegdraai as ek wou nie. Ek wou nie, ek leun terug in sy hand om meer te wil voel.

"Jy het soveel krag binne jou, Erika," fluister hy, sy gesig net 'n duim van myne af. "Om te voel dit is vir my baie bedwelmend." Hy het diep asemgehaal, soos 'n fynproewer wat 'n goeie wyn ruik. Sy lippe het my visie verteer, so na aan my eie. Ek wou hulle weer voel , maar sy greep op die hare net agter my kop het my stewig vasgehou. Ek het probeer om vorentoe te leun, my begeerte het kortstondig teen sy greep op my geveg, voordat ek opgegee het en myself weer teen sy hand laat rus het. Ek het nog nooit in my lewe so baie beheer gevoel nie. Sy oë het in my gebrand en my asem het in kort asemhalings gekom. Ek het gewonder of my pupille weer besig is om uit te brei.

Toe laat Richard my los en stap terug. "Verwyder jou top en bra," het hy gesê. Terloops, asof hy gevra het hoe laat dit is.

Iets daaraan het my weer laat bloos. Ek wou dit hê. Ek wou meer voel en baie verder gaan. Maar, op een of ander manier, om die eerste stap te neem en my borste vir hom te ontbloot, het my baie senuweeagtig laat voel. Pyn van onsekerheid oor my liggaam het in die uithoeke van my gemoed ingesluip. Wat as ek vir hom te veel van 'n tomboy lyk? My hande het nie in aksie geklap om outomaties sy bevel te gehoorsaam nie. Dit sou te maklik gewees het. In plaas daarvan het hulle agter my met die sluiting gevroetel soos 'n maagdelike hoërskoolleerling wat die tweede bof probeer bereik. Dit het uiteindelik ongedaan gemaak en ek het die bra eenkant toe gegooi. Ironies genoeg het dit reg langs my bed bo-op my weggooiklere van ure gelede beland.

Ek is mal oor my borste. Ek aanbid hulle absoluut dood. Ek is mal oor hoe hulle in my hande voel, ek is mal oor die plesier wat hulle my gee, ek is mal oor die gevoel van vryheid wanneer hulle onthok kom na 'n lang dag in 'n bra. En op die oomblik het ek absoluut LIEF GEHAAL oor die effek wat hulle op Richard gehad het. Sy oë was vasgenael op hulle en hy knik effens in waardering. Miskien het ek dit verbeel, maar ek kon sweer daar groei 'n bult in sy broek.

"Vervleg jou vingers agter jou kop en buig jou rug effens." Ek het vinnig gehoor gegee, my arms opgelig en my bors uitgedruk, wat my tiete so prominent moontlik maak. Weereens het sy vingerpunte oor my vel getrek, hierdie keer op my abs. "Hou jouself stil."

"Ja, meneer," het ek belowe. Hy het oor my gladde, harde buikspiere gegly, net lig genoeg om klein rankies van plesier deur my te stuur met sy aanraking. Rillings het opwaarts deur my geloop hoe hoër hy gegaan het, duim vir duim opwaarts oor my maag. Hy het my geterg, pynlik stadig gegaan en my kaal vel oral rond gevoel behalwe die kolle wat ek wou hê. My tepels het harder en meer uitgespreek met elke hartklop. Hulle het uitgeroep vir aandag, om gevryf en geknyp en plesier te word. Hy het egter tot my ontsteltenis oor hulle gespring en eerder op my arms en skouers gefokus.

"Jy het uitstekende triceps en skouers," komplimenteer hy bewonderend. Dit het amper opgemaak vir al die terg. Daar is 'n uitgesoekte groep dinge waarmee meisies gewoond is om komplimente van mans te kry, en daardie spiere is nie op die lys nie. Hy het van my lyf gehou vir wat dit was!

"Dankie, meneer! Dit is jare se basketbal en sweet by die gimnasium."

Uiteindelik, in een beweging, het hy albei my borste omhul. Hulle het uitgebrei in sy sterk, ferm hande soos ek inasem, wat my laat snak van plesier.

"Is hierdie baie sensitief?" vra hy en merk my reaksie op.

"Gewoonlik nie soveel nie," het ek baie gesukkel om myself stil te hou en nie in hom te druk nie. Hy het liggies gedruk en dit duidelik geniet om my net so lief te hê soos ek. Ek het my oë toegemaak en die sensasies ingedrink. My bors het van plesier gesak toe ek myself aan Richard voordoen om mee te speel soos hy wil. Dit het goed gevoel.

My tepels het ontplof. My oë het oopgebars en ek het verdubbel en 'n vreemde kreunende geluid uitgelaat. Richard het my hoogs getergde knoppe tussen sy vingers gehad en hy het hulle nie te saggies gerol nie.

"Bly stil," herinner hy my. Ek het geknik, maar dit was baie moeilik. Genot het deur my gestroom, gekruid met 'n bietjie pyn wanneer hy druk. Elke pols van sensasie het 'n stoot na my klit gestuur. Ek het soos sy speelbal gevoel. Soos my liggaam bestaan het vir sy vermaak en my bewussyn bestaan het om by te dra tot sy pret. Hy tweak en druk, geniet dit om te sien hoe ek tussen genotsugte en geskrikte gil ruil.

"Genot of pyn?" het hy gevra.

"Albei," hyg ek, "dit is baie intens." Hy glimlag breed en laat hulle los, knie my borste terwyl die tepels tyd gun om te herstel. As daar iets was, was dit selfs meer intens as voorheen. Kragtige tintelende sensasies het al my fokus in twee sensitiewe punte gekonsentreer soos bloed teruggestroom het in hulle.

"Jou gesig is wonderlik ekspressief. Baie eg. Trek nou die res van jou klere uit."

Hierdie keer het ek sonder huiwering gehoorsaam. My jeans en broeke was albei oor my heupe en langs my bene af voordat ek volledig geregistreer het wat hy gesê het. Ek was so nat, so gereed vir 'n ware plesier, ek kon nie wag om my poes uit te bring om te speel nie. Ek het 'n effense padblokkade om my kuite getref. Ernstig, wie ook al vroue-jeans ontwerp het, het nie spoedige verwydering in gedagte gehad nie, veral nie van atletiese bene nie. Uiteindelik, heeltemal naak, het ek voor Richard gestaan.

Ek het verwag dat hy my nog meer sou terg, maar in plaas daarvan het hy dadelik oor my bos gestreel.

"Skeer dit voor ons volgende vergadering."

Goed, miskien was dit eintlik meer tergend. Hy het skaars my poes enige druk of kontak gegee, bloot sagte troetel en my hare getrek. Dit was baie steurend. "Ek het gedink jy hou van 'n paar hare op 'n poes," het ek gesê.

"Ek doen, en dit is nogal lekker. Ek gaan egter jou liggaam leer en hoe dit reageer, so dit sal baie nuttig wees om jou seks duidelik te sien. Jy waardeer ook jou bos baie, so skeer dit vir my sal dit 'n daaglikse herinnering wees aan jou voorlegging."

Ek het gesluk: "Ja, meneer." 'Hy moet voel hoe nat ek is. Komaan, fok my!' Ek het probeer om my heupe onopvallend vorentoe te druk, net 'n bietjie, maar hy het sy hand aangepas voor ek enige kontak kon kry.

Richard gaan sit weer en wink my vorentoe. "Kniel." Ek was baie dankbaar dat ek 'n mat neergesit het. My antwoorde het vinniger gekom, met minder gedagtes van my kant af. Om in sy beheer te vestig, het goed gevoel. Ek hoef nie regtig baie te dink nie, net voel en geniet. "Knieë sprei 'n bietjie wyer, kruis jou arms agter jou rug. Hou jou voorarms so hoog as wat jy kan." Hy het my gelei na die posisie wat hy wou hê, tiete uitgestoot en bene wyd gespreid, en gesê dit word 'Exposed Pose' genoem.

Blootgestel is reg. Holy fok dit is intens. Richard het soos 'n standbeeld oor my uitgetroon. Ek het dit net tot by die derde knoppie van sy gordel gemaak. Nog ten volle geklee in sy kraakvars, skoon pak, kyk Richard neer op my algehele naaktheid. Die verskil in hoogte het vir my duidelik nuut en vreemd gevoel. Ons was nog altyd dieselfde hoogtes, ek was gewoond daaraan om hom op my vlak te sien. Nou kon hy net sowel Zeus gewees het wat bo-op Olympus gesit het. Boonop was die houding self meer belastend as wat ek sou gedink het. My knieë het hard in die mat ingegrawe en my skouers was ontevrede met hoeveel hulle gevra is om te strek.

Ek het probeer sin maak van alles wat ek voel, maar het opgegee. Om te sê ek voel blootgestel of kwesbaar, het dit net nie gedek nie. Ek het op die vloer by my beste vriend se voete gekniel omdat hy vir my gesê het om te doen. Maar meer as dit, ek was hier omdat ek wou wees. Ek wou hom gehoorsaam, en om dit so openlik uit te druk, het my meer naak laat voel as wat die eenvoudige gebrek aan klere kon verklaar.

Maar nee. 'Kwesbaar' impliseer 'n soort waargenome bedreiging, nie waar nie? Dit was nie reg nie. Ek het heeltemal veilig gevoel, stewig in beheer gehou. Dit was amper bevrydend om so sorgeloos te voel. Dit het net baie... oop gevoel. Soos my innerlike self saam met my liggaam te sien was.

"Jy is pragtig," sê Hy vir my, kyk waarderend oor my af. Dit het my skielik getref dat kniel my baie nader aan die bult in sy broek geplaas het. Die baie duidelike haanvormige bult net onder sy gordelgesp. Ek het my lippe afgelek, honger daarvoor. Twee vingers onder my ken lig my aandag terug na sy gesig. "Please jouself."

"Wat?"

"Jyt my gehoor."

My arms ruk van agter my. "Soos ... Masturbeer? Meneer?"

"Inderdaad."

Ja, alles wat ek sopas gesê het oor naak voel? Vergeet dit alles, DIT is waarvoor ek daardie beskrywings moes bewaar het. My vingers het makliker tussen my lippe gegly as 'n skater op 'n ysbaan.

Dit het gelyk of daardie eerste lang, harde gly oor my klit my stelsel geskok het, wat my geneem het van geterg tot vol op gereed om te naai! Ek het gedink ek gaan op die plek kom.

Hy het van my ken af beweeg om my wang te streel, terwyl hy saggies met 'n paar hare gespeel het.

"Jy het my toestemming nodig voor jy kan orgasme, my troeteldier." Ek kreun van plesier, die nat geluide van my snert het die kamer gevul . "Jy is nou myne. Jou seksualiteit is myne om mee te speel. Ek besluit wanneer jy kom... as jy kom." Dit is heeltemal onregverdig hoe om te sê dat ek nie beheer oor my eie orgasmes het nie, dit my so ontstel en maak dat ek NOU wil klaarkom! Ek het gevoel hoe dit in my kook, die druk, die behoefte aan vrylating opbou. Dit was alles te veel, oorweldigend, kniel met my poes wyd versprei, my naai vir sy gril.

Hy het aandagtig gekyk, fyn aandag gegee aan my vingers, en opgemerk hoe ek my klit bevoordeel het en na penetrasie beweeg het toe ek naby aan klaarkom voel. Soos ek begin aanpas het by wat besig was om te gebeur, het hy nog 'n vlak bygevoeg.

"Hou aan om na my oë te kyk, moenie afkyk nie." Hoekom sal ek afkyk? Sy uitdrukking wat na my teruggekyk het, was pragtig. Sy emosie wat daar geskryf is, het my so spesiaal laat voel. Sy speelse, wetende glimlag was egter terug. Daardie verdomde glimlag wat altyd beteken het hy weet iets wat ek nie weet nie.

Ek het 'n ritssluiting gehoor. 'O my god, is dit? Het hy net?' Sonder om te kyk, het ek instinktief geweet dat sy penis vry en sentimeters van my af was. Een blik af en ek sou dit uiteindelik sien. Richard se piel... hoeveel nagte het ek al aan die slaap geraak en gedroom dat ek daardeur genaai word? Hoeveel klasse het ek gedagdroom deur hom naak voor te stel? Nou was dit net daar! Maar ek kon nie daarna kyk nie. Dit was so moeilik om te gehoorsaam, ek het onwillekeurig my kop laat sak en dit nodig gehad om dit terug te dwing.

Dit het natuurlik net erger geword toe ek besef hy streel homself. Die hitte tussen my bene het oorgedryf en ek het op my vingers geklem.

"Asseblief," het ek gekerm, "dit is so moeilik, kan ek asseblief kyk?"

"Ek geniet dit om te sien hoe jy sukkel. Om te sien hoe jy gehoorsaamheid bo jou eie begeerte kies, is baie warm. Dit gaan goed met jou." Hy het trots geklink. Trots op my! Ek wou sterk wees vir hom, maar my hormone was heeltemal teen my. Ek wou hom te lank te graag hê, dit was marteling om te verduur. Net 'n paar sentimeter weg en ek sou sy harde gladheid voel ... Ek het die gevoel van voorheen gemis, die vryheid wat ek gevoel het sonder om te sukkel en besluite te neem.

So, in plaas van sy haan, het ek na sy ander hand getas en dit na my kop gebring. Hy verstaan sonder enige woorde, vat weer my hare net agter my kop vas en hou my stewig vas. Ek het dadelik gevoel hoe 'n las van my af lig. Ek het nie nodig gehad om myself te polisieer of bekommerd te wees dat ek kon gehoorsaam nie. Ek het saggies in sy arm gedruk en die gevoel van sy warm vel teen my wang en die gesaghebbende krag van sy greep geniet.

Ek het met hom verbind gevoel. Dit het gelyk of 'n band tussen ons gevorm het, sterker as die fisiese houvas wat hy op my gehad het. Soos om vir hom my krag te gee en my probleme en dat hy sterk was vir my, het ons nader aan mekaar gebring. Dit het baie intiem gevoel, en baie, baie seksueel. Ek het meer tyd van my klit deurgebring as daaraan om te verhoed dat ek omslaan. Ek wil kom. Elke sel in my liggaam wou kom! Maar ek kon ook voel hoeveel my voortdurende terugtrekkings weg van my klit, weg van klaarkom,

Richard aangeskakel het. Ek sou vir hom gehoorsaam wees! Dit was moeilik, maar ek het aangehou om te rand en my bevrediging te put uit sy vinniger asemhaling en tapisserie van gesigsplesier.

Ek is nie seker hoe lank ons intiem in mekaar gebly het nie. Tyd het soort van amorf gelyk, asof ons saam in 'n borrel bestaan het waar niks anders saak maak nie. Een hartklop na die volgende, 'n sirkel oor my kloppende en hipersensitiewe klit en 'n sagte kreun teen sy arm, wat in 'n lus verder sirkel.

"Hoe voel jy?" hy het uiteindelik ingeboek.

"'n Bietjie oorweldig, Meneer. Maar op 'n goeie manier!"

"Goed. Tyd om verby voorspel te beweeg." Ek het gesnak toe ek voel hoe hy my kop na onder lei, "jy mag nou soveel lyk as wat jy wil. As jy nie te naby is nie, dit wil sê." Ek het direk in sy skoot afgegaan!

Dit is moeilik om te sê of hy my mond na sy haan gelei het of as hy my teruggehou het om my kop in sy kruis te kanonskoot. Dit het skaars verby my visie geflits voordat ek dit tussen my lippe laat verswelg het. Elke sentimeter van sy manlikheid wat in my verbygegaan het, het gelyk asof ek my met duiseligheid gevul het, asof ek sopas die grootste speelding van alle tye ontdek het. Ek was vasbeslote om soveel as moontlik daarvan te voel, elke kleinste deel van hom met my tong te verken. Sy smaak het oor my gespoel, gekombineer met sy reuk en sy polsende opgewondenheid, alles kom op een slag na my toe. Muskerigheid, sagte vel wat klipharde begeerte bedek, met 'n sweempie sout smaak precum. Stadig het ek teruggesak en my tong van kant tot kant op sy onderkant gevee. "Dit moet hier wees, reg onder die kop ..." Hy kreun hard en lank toe ek die lieflike kol tref.

Ek het intens tevrede gevoel dat ek daardie sexy man-klank uit hom kon bring, net verby sy dominante selfbeheersing, maar ek het min tyd gehad om myself geluk te wens. Sy stewige greep op my hare druk my weer af, stadig dieper en dieper.

"Sê vir my wanneer dit te veel is."

Ek hou daarvan om blowjobs te gee. Ek is mal oor alles oor orale seks, maar diep keel was nog nooit my sterk punt nie. Daar was nog 'n goeie twee duim haan oor my lippe toe sy kop die agterkant van my keel tref en sy begeleidende hand ophou vorentoe druk. Ek wou meer hê, ek het probeer om meer te kry, maar my verdomde keel het eenvoudig niks daarvan gehad nie. Ek het hard gesnoer en was gedwing om terug te staan.

Hy het my nie tyd gegee om teleurgesteld te voel nie. "Dit het fantasties gevoel," straal hy af na my, "Hierdie keer gaan jy my kom proe."

Hy het my in 'n bestendige ritme gelei. Op en af, sy hand op my kop, pouse op elke opwaartse slag om my sy lieflike plek te laat lek voordat ek my weer afneem. Dit het regtig gevoel soos leiding en nie krag nie. Soos ek was die een wat hom die blowjob gegee het eerder as dat hy 'n blowjob van my geneem het, as dit sin maak. Hy het net vir my gewys hoe hy die beste daarvan hou. Nietemin het die ervaring my diep onderdanig laat voel. Voor hom kniel asof hy my koning was, hom aanbid terwyl ek ignoreer hoeveel natter dit my reeds kloppende poes maak.

Ek was in die hemel. Ek neurie laag in my keel om sy piel te vibreer, wat my nog 'n verblydende kreun van plesier van hom verdien. Ek het hom hard en slordig gesuig en my tong aanhoudend om en om aan die werk gehou soos sy plesier toegeneem het. Bestendige strome sout het gepaard gegaan met vinniger kakebeenvulling terwyl ek hom gesuig het. Ek het my bes gedoen om oogkontak te behou, op te kyk en met my uitdrukking te probeer kommunikeer net hoe lief ek vir sy piel was terwyl ek my fokus na binne behou. Dit was regtig baie werk! Bo—lek vinnig onder sy kop . Gly af—hardloop my tong oor sy hele skag. Onder by die basis—neurie diep, glimlag sonder om die rob los te laat. Skuif terug op—suig so hard as wat ek kan om sy kop druk te gee. Weer en weer terwyl hy my op en af gelei het, en my saggies versnel soos hy nader kom. Ek het gevind dat ek wens daar was 'n soort kakebeenmasjien by die gimnasium. My tong het gebrand en ek het min lug gehad.

Plesier, meer en meer onbeheersd, het vrylik oor sy gesig gevloei totdat hy my uiteindelik vasgehou en kragtig kon kramp. Strome warm sperma het my gevul, wat die agterkant van my keel en binne-in my wange bedek het terwyl ek hom verwoed probeer sluk en terselfdertyd aanhou lek. Dit het gelyk soos 'n oneindige stroom, spruit na spuit wat by hom uitgekom het , wat my pogings om tred te hou vinnig oorweldig het. Ek was op die punt om 'n bietjie te mors toe hy uiteindelik stadiger ry en met 'n hewige kreun agteroor en uit my sak.

Ek het die res van sy kom in my mond geniet. Ek hou nie regtig van die smaak en tekstuur van sperm nie. Kom ons erken dit, wie doen dit? Maar om dit daar te voel, die tevrede grynslag op sy gesig te sien en die gevoel te onthou hoe hy bewe en pols soos hy dit vir my gegee het ... dit het gevoel soos 'n trofee. Ek het hom so wonderlik laat voel! My liggaam het hom so aangeskakel dat hy nodig gehad het om sy piel te suig, en hy het so van my kop gehou dat hy my mond oorgeloop het van 'n jis . Dit het my laat gloei van trots.

Terselfdertyd het 'n klein skaduwee van teleurstelling in my agterkop gegroei, direk gekoppel aan my druipende en hartseer leë poes. Met Richard spandeer, sou ek nie vanaand genaai word nie . Ek het vir myself probeer sê dat dit stom en gulsig van my was om daardeur in die steek gelaat te voel. Ek was veronderstel om aan sy behoeftes voor my eie te dink. Dit was waarvoor ek ingeskryf het.

Inderdaad, waarvoor ek hom feitlik gesmeek het. Ek het dit geweet, maar tog, nadat ek so 'n intiem erotiese ervaring met hom gedeel het, dink ek nie ek het nog ooit in my lewe so geil gevoel nie. Ek wou kom, verdomp! Dit was fokken moeilik om te kom om dit te laat gaan.

"Jy is redelik goed daarmee," het Richard herstel en was besig om 'n hand na my uit te steek, "kom, jou knieë maak jou seker dood." Hulle was, al het ek dit nie tot dan opgemerk nie. Ek is te veel afgelei deur te veel ander dinge.

Voordat ek egter behoorlik kon strek, het ek gevind dat ek heeltemal van die grond af opgelig is in Richard se arms. "Jy het my vandag baie gelukkig gemaak," fluister hy in my oor, "jy verdien 'n beloning." My hart het 'n klop geklop toe hy my die kort entjie na my bed gedra het. Gewigloos in sy arms, het ek gehipnotiseer gevoel deur sy bodemlose oë so naby. Dit was regtig nie regverdig nie, die manier waarop hy 'n skakelaar kon draai en my emosies so kon oorweldig.

Hy het my uitgelê met kussings wat my kop gemaklik opsteek. Weereens bokant my speel hy stadig met my hare tussen sy vingers. Ten spyte daarvan dat ek nog kaal was en hy nog ten volle geklee was, het ek nie heeltemal so kaal gevoel nie. Dit het meer ... intiem gevoel? Gemaklik? Natuurlik? Ek weet nie. Ek het gesukkel om reguit te dink, my wêreld het tot klein punte saamgetrek. Die kolle op my gesig waar sy vingers my borsel, die gevoel hoe hy met my knal gespeel het, die plek op my nek waar hy my gesoen het, die sy onder my hande waar ek oor sy bors vryf, en die altyd teenwoordige behoefte in my wat by die minuut meer dringend geword het.

Sy vingers het oor my lyf getrek terwyl hy homself gemaklik tussen my bene geplaas het. Ek het 'n dubbele opname gedoen.

Tussen my bene! Hy was gestel asof hy op die punt was om my uit te eet!

Hy het gelag en ek kon sy asem op my bo-dye voel, "Verras?"

"Um, ja, Meneer." Hy vryf my bobene, sprei my bene stadig so wyd as wat hulle wil gaan en stuur plesierboute direk na my kern. "Dit is nie—*kreun*—wat ek verwag het nie."

"Dit lyk asof mense dink cunnilingus is nie manlik of dominant nie. Niks kan verder van die waarheid wees nie. As jy 'n marionet was, sou jou snare net hier gewees het. Met 'n effense stoot—" druk hy 'n vinger direk tussen my lippe, trek dit op deur my spleet en direk oor my klit. My hele lyf het gespring asof ek my weerlig getref het en ek het 'n gil van verbasing en plesier uitgespreek "—ek kan die mees aanbiddelike reaksies uit jou bring. Daar is baie min posisies waar ek meer direkte beheer oor jou liggaam kan uitoefen ."

Hy was reg. Ek het gewriemel en gekreun terwyl hy my soos 'n musiekinstrument bespeel het. Terg my lippe met lang borsels deur my skaamhare om my te laat sidder en my heupe te laat druk. Om my bobene te streel met sagte drukkies net onder my poes om my te laat bewe en klop. Laat my gil en krom my rug met 'n vinnige piksoen direk op my klit. Hy het dié ingewerk met lang, stadige lekke regdeur op en deur my, en het elke duim van my sensitiewe poes met sy tong bedek.

Hy was soos 'n navorser wat uitgebeeld het hoe ek op stimulus gereageer het, getoets en eksperimenteer met verskillende drukvlakke en kombinasies. Dit het my laat raai en my orgasmevlak het op en af gestyg soos 'n EKG-masjien. Enige bestendige druk op my klit het my binne sekondes na die rand gebring en hom in die tou gesit om sy terg af te weer. Dit het my mal gemaak! Ek was aan die brand met nood, lank verby die punt van samehang. Dit het so goed gevoel. Alles omtrent die rollercoaster van stimulasie het so ongelooflik goed gevoel, ek wou nie hê dit moet stop nie. Ek wou ontplof. Om my brein deur my poes oor sy hele gesig uit te kom. Maar ek wou ook hê dit moet vir ewig aanhou. Ek wou nooit hê die plesier moet eindig nie.

Richard het verheug tussen my bene gelyk en my fyn dopgehou vir my reaksies. Altyd so warm en oplettend vir my... al het hy daardie aandag gebruik om my te terg, het dit my spesiaal laat voel. Gesoek. Geliefd.

Op een slag het ek gevoel hoe ek gevul is. Warm ferm vleis van ten minste twee vingers het in my poesie ingery en direk teen my g-kol vasgetrek. Ek het nog nooit van penetrasie gekom nie, maar ek het regtig gedink ek gaan dit doen. Sonder om dit te besef, het ek die woonstel se klankdigting aan ernstige werk gesit en die lakens van die bed afgeruk. Ek stoot hard op om sy vingers te ontmoet, om hulle so diep in my as moontlik te voel—om soveel van hom in myself in te trek as wat ek kon. Hy het my stewig vasgedruk en my maklik met sy krag oorweldig.

Richard het my oë ontmoet en stadig, doelbewus, sy mond laat sak. "Cum so veel en so hard as wat jy kan," het hy vir my gesê direk tussen my bene. Toe word my klit hard in sy mond ingesuig. Hy het my diep gesuig en my hard gelek, elke klein stampie van sy tong het 'n vibrasie van plesier direk na my kern gestuur. Ek het nie meer as drie sekondes uitgehou nie. Ek het gekom. Hard. Dit was soos 'n bom wat diep binne my ontplof het en met elke sametrekking weer en weer ontplof het. Golwe van pure ekstase het deur my gebars en elke duim van my gevul van my tone tot by my brein tot diep in my gedagtes.

Ek het gekom en gekom en gekom, so hard op sy vingers wat steeds stoot, vasgeklem dat ek gedink het ek kon sy vingerafdrukke voel. My klit het so hard in sy mond geklop dat ek gedink het hy sluk dit. Hy het nooit ophou hamer nie, en nog 'n orgasme op die hakke van die eerste gedwing. Ek het gevoel hoe ek smelt, my gedagtes effens vaag word en my visie om die rande vervaag.

Stadig, met verskeie naskokke en terugvalle, het die veldbrand homself uitgebrand. Alles het effens wasig gelyk toe ek na myself terugkom, amper asof ek 'n paar skeute sterk drank gehad het. Ek het besef ek het Richard se kop amper tussen my bobene vergruis. Ek het nie eers besef ek het hulle toegemaak nie! Ook, ek het dalk my borste 'n bietjie gekneus. Weereens, het nie eers besef ek het hulle vasgedruk nie.

"Sjoe... dit was fokken awesome."

DEEL 5

'n Rukkie later het ons onder die deksels saamgeskep. Die bestendige ritme van sy asemhaling terwyl hy geslaap het, was strelend, wat my lomerig gemaak het, maar steeds nie wou slaap nie.

Ons het gesels oor alles wat gebeur het en mekaar gedruk vir besonderhede oor hoe die ander gevoel het. Ek was veral geïnteresseerd om te hoor hoe kragtig Richard gevoel het terwyl hy my stadige strook regie. Blykbaar was aanraking 'n kragtige vorm van beheer, en om vrye heerskappy te hê om my aan te raak terwyl ek myself ingehou het, het die Dom/sub-dinamiek meer werklik gemaak. Dit was baie interessant om sy perspektief te hoor, maar nog meer so was dit heerlik om 'n bed met hom te deel.

Hy het uiteindelik sy pak uitgetrek! Sy kaal bors het in my rug gedruk en sy kaal bene met myne verstrengel. Ek was nog altyd 'n sucker vir knuffels. Vel op vel kontak doen kragtige dinge aan my emosies.

Uiteindelik versadig gevoel, ek het gevoel dat ek meer analities moet wees. Het ek regtig al daardie dinge gedoen? Dit het so maklik gevoel om in die rol in te glip, so natuurlik om saam met die stroom te gaan. 'n Stem in my agterkop het Cathy se woorde oor gehoorsaamheid herhaal. Wat kan ek myself doen? Miskien moes dit my toe bekommer het, maar dit het nie. Ek het te goed gevoel om oor enigiets bekommerd te wees.

Ek het aan die slaap geraak met Richard se hand styf teen my bors. "Myne!"

EINDE